Le fou rire du lion

Jeunesse L'Harmattan

Collection dirigée par Isabelle Cadoré, Denis Rolland, Joëlle et Marcelle Chassin

Nadia GHALEM, *Mamadou et le fantôme de Drummondville*, 2007.
Noël LE COUTOUR, *Le trésor de Galam au Sénégal*, 2007.
Jacqueline DÉBORDES, *Rinzin, un petit Tibétain astucieux*, 2007.
J-Michel LEMAIRE, *Caïenne, l'Indien qui voulait unir les tribus*, 2007.
Geneviève BRIOT, *Najib l'enfant de la nuit*, 2007.
Michel CRÉZÉ, *Chapati et l'astronome en Inde*, 2007.
Françoise KERISEL, *Chevalier de Saint-George, musicien des Lumières/Chevalyé* de Saint-George, *mizisyen* des Lumières, 2007
Ivona BŘEZINOVÁ, *La classe ensorcelée,* 2006.
Paul-Etienne CHIPP, *Le silence d'Isidore,* 2006.
Danièle FOSSETTE, *Trois enfants et une baleine à Mayotte,* 2006.
Nadine LE MOY, *Matallah, esclave de Karakour,* 2006.
Isabelle MONTPLAISIR, *L'oiseau de cuivre incarnat,* 2006.
Gérard GUILLET, *Un toit pour toi*, 2006.
Françoise KERISEL, *Philosophes de la Grèce antique,* 2006.
Fabrice BLAZQUEZ, *Awa, petite détective du Sénégal*, 2006.
Danièle FOSSETTE, *Le gâteau de Madame Lapoule*, 2006.
Régine MFOUMOU-ARTHUR, *L'esclave Olaudah Equiano*, 2006.
Daniel LEDUC, *Grandole le géant*, 2006.
Ali BADRI, *Azad, l'oiseau migrateur*, 2006.
Nadia GHALEM, *Le trésor de Tipaza,* 2006.
Jean-Jacques MICHELET, *Le radis radin*, 2006.
Geneviève CECCALDI, *Sandy entre deux rives*, 2006.
Renée CLÉMENCE-GOTIN, *Le cheval à trois pattes / Chouval a twa pat*, 2006.
Françoise UGOCHUKWU, *Chizoba dans la* ville, 2006.
Renée CLÉMENCE-GOTIN, *Le père Noël s'est égaré aux Antilles / Papa Nowèl garé aux Zantiy*, 2006.
Frédéric SABROU, *Le monstre de Morfesse*, 2006.

Stéphanie Rochefort
& Valérie Crowley

Le fou rire du lion

Illustrations de SESS

L'Harmattan

5-7, rue de l'Ecole polytechnique ; 75005 Paris

http://www.librairieharmattan.com
diffusion.harmattan@wanadoo.fr
harmattan1@wanadoo.fr

ISBN : 978-2-296-03667-3
EAN : 9782296036673

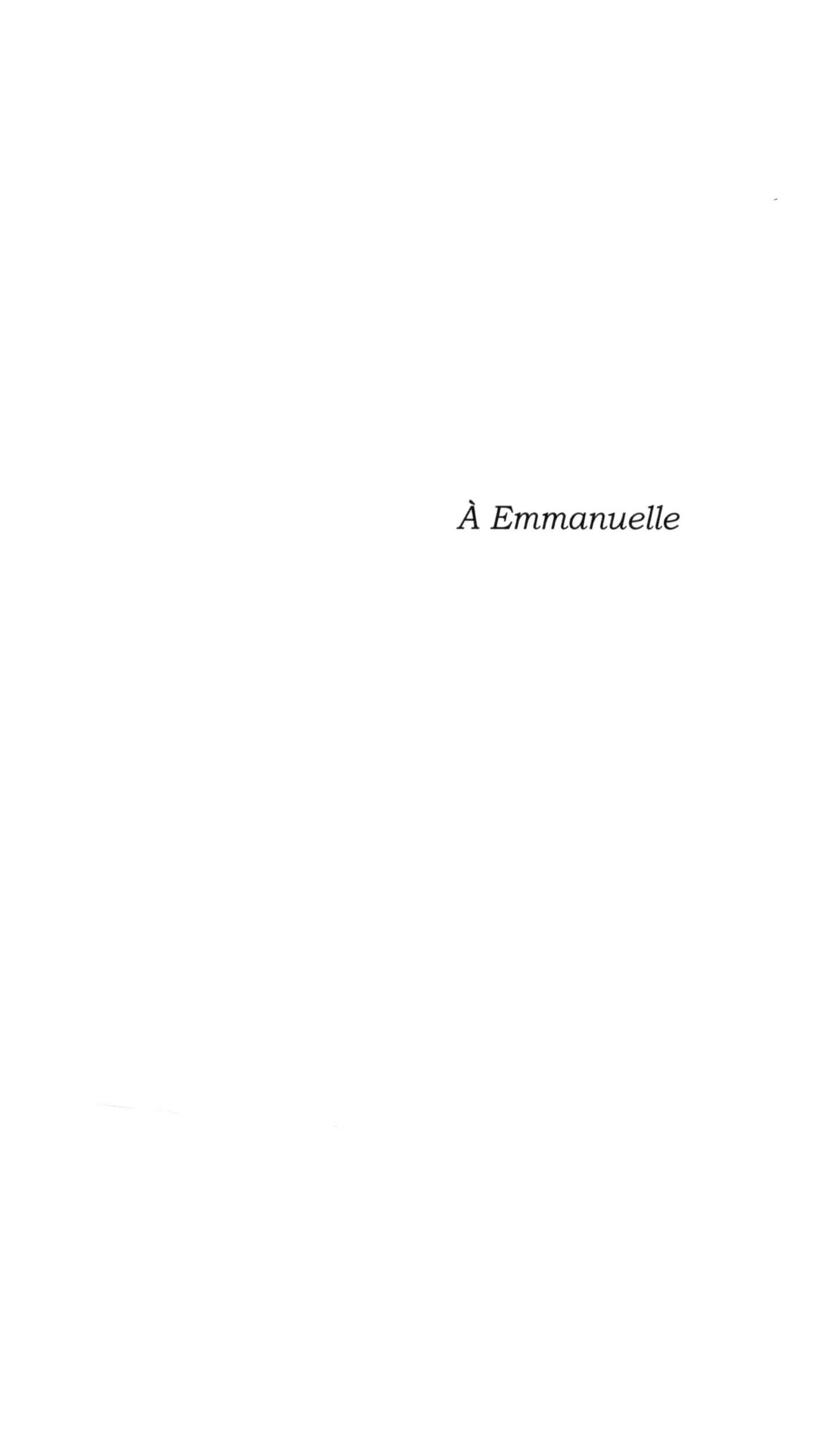

À Emmanuelle

Un général anglais en retraite affirmait qu'une mouche avait fait autrefois le malheur d'un lion.

- Vous vous moquez ! rétorqua le jeune lord qui l'écoutait.

- Pour qui me prenez-vous ? Un soldat de sa Majesté ne ment jamais ! s'emporta le général.

- Eh bien, racontez-moi ce prodige, ironisa le jeune homme en posant sa tasse de thé.

- Tout ça remonte à bien longtemps. À cette époque, mon régiment bivouaquait dans la savane africaine. L'un de nos éclaireurs était le fils d'un puissant sorcier africain. Son père avait autrefois perdu un bras. Dans l'estomac d'un lion, mon cher ami, voilà où le membre avait fini ! Pour se venger, le sorcier jeta un sort à l'animal. Hélas ! la magie n'est pas une science et le sortilège, au lieu de frapper le coupable, s'abattit sur la tête d'un innocent : Léo le lionceau, fils du croqueur de bras.

- Comme c'est intéressant, répondit le lord, qui ne croyait pas un mot de toute cette affaire. Contez-moi donc un peu ce sort.

- Tsoum-tsoum ! lança tout à trac le militaire.

- Pardon !

- C'est le nom du sortilège ou, plutôt, de l'insecte, car tsoum-tsoum est une mouche.

- Cousine de tsé-tsé ! Enfin, je suppose, plaisanta le lord.

- Absolument ! et sa piqûre est redoutable, car ce n'est pas dans le sommeil qu'elle plonge sa victime, mais dans d'indicibles tourments.

- Voyez-vous ça !

- Le rire.

- Précisez, cher ami.

- La piqûre empoisonnée de tsoum-tsoum flanque des fous rires meurtriers. Vos zygomatiques se contractent en accordéon et votre diaphragme s'écrase comme une mangue dans le poing d'un gorille.

Le jeune dandy couvrit sa bouche avec un mouchoir de fine batiste afin qu'on ne vît pas le fond de ses amygdales. Il se tordait de rire.

- Ha ! ha ! ha ! de grâce, arrêtez, supplia ce dernier, ou votre cours de physiologie comique va me tuer plus sûrement que la piqûre de votre mouche tsoum-tsoum !

Le militaire ignora le sarcasme.

- Donc, Léo le lionceau dormait paisiblement quand une mouche ensorcelée se glissa dans les poils de son pelage et s'agrippa, à l'aide de ses méchants crochets, sous le lobe de son oreille. Quand Léo ouvrit les yeux, ce fut pour voir le redoutable chef des lions se prendre les pattes dans une racine et s'affaler devant les membres de son clan. La tribu léonine se mordit les babines pour s'empêcher de rire, car le chef était craint, même chez les lions. Pauvre Léo ! soupira le militaire, ce fut précisément le moment que choisit la cruelle tsoum-tsoum pour infliger sa première piqûre. Sous le coup du venin, la face de l'animal se contracta en un rictus qui fila jusqu'aux muscles de son cou. Son thorax fut secoué de spasmes comme un hochet dans la main d'un garnement ; quant aux éructations rauques qu'il poussa, *my God*[1] !, elles firent fuir à tire-d'aile les ibis rouges et les cacatoès.

- Un gros fou rire, en somme.

- Formidable. La plus grosse crise de fou rire qu'on eût jamais vue ! Or vous savez comment le rire se propage : à la manière du choléra ! Ses effets sont fulgurants et impitoyables. Personne ne fut épargné. En moins de deux, les autres lions furent secoués de convulsions hilares. Ils se tenaient les côtes avec leurs énormes pattes pour s'empêcher de rire, en vain ! Ce

---

[1] *My God* : mon Dieu.

jour-là, tsoum-tsoum décima trois membres de la tribu.

- Trois ? répéta en écho le jeune lord, que la loufoquerie de ce discours commençait à distraire. J'ignorais que mourir de rire fût autre chose qu'une figure de rhétorique.

- Trois, confirma le général. Trois vieux lions dont la carcasse percluse de rhumatismes ne put souffrir les contorsions d'hilarité : leurs os se brisèrent comme du bois sec. Pour se venger de l'humiliante explosion de rire dont il venait de faire les frais, le chef des lions accusa le jeune Léo d'être à l'origine du drame.

« Jeune sot ! rugit-il, l'indécente exhibition à laquelle tu t'es livré vient de coûter la vie à trois des anciens. Tu seras mis en quarantaine pendant cinq lunes. Quiconque t'adressera la parole sera exclu du clan ! »

Bien entendu, le châtiment était injuste, mais aucun membre de la tribu n'avait jamais eu le cran de contester l'autorité du terrible chef des lions. De son côté, Léo ne comprenait pas ce qui l'avait poussé à rire comme un insensé.

Peut-être aurait-il mieux fait de ne pas se purger avec les anémones pourpres qui poussaient près du ruisseau. Les vieilles lionnes du clan affirmaient que ces fleurs rendaient fous ceux qui s'avisaient d'en manger.

La semaine suivante, le lionceau, à qui plus personne n'adressait la parole, suivit les mâles du clan à la chasse. Cela faisait six jours que les lions n'avaient pas mangé et les fauves commençaient à avoir l'estomac dans les talons...

- J'ignorais que le jeûne fût une pratique courante chez ces grosses bêtes, interrompit le lord.

- Chez les lions, on observe deux jours de maigre quand un lion meurt. Donc, trois anciens morts cela fait six jours de diète. L'arithmétique du deuil est implacable.

Après plusieurs heures de marche, les mâles du clan tombèrent nez à nez avec un troupeau d'antilopes, enfin... presque ! Les chasseurs léonins n'étaient séparés de leurs proies que par un rideau de séquoias. Il suffisait de le contourner, et c'est ce qu'ils firent. Le chef du clan tapi comme un gros chat dans les hautes herbes de la savane avançait ventre à terre. Les autres lui emboîtèrent le pas.

Le chef se ramassa sur lui-même s'apprêtant à bondir sur une antilope qui broutait imprudemment loin des autres membres du troupeau. Et, là, je vous le donne en mille...

- Tsoum-tsoum !

- Absolument. Malheureux lionceau !
Le fou rire qui le secoua comme une marionnette vaudou fut pire que le précédent. Mais cette fois, il ne fit rire personne !

En effet, alertées par les éructations gutturales du lionceau, les antilopes s'enfuirent sans demander leur reste et le chef manqua sa proie. Je vous laisse imaginer l'humeur de ces fauves affamés... La mine féroce du chef des lions ne présageait rien de bon. Cette fois-ci le ciel allait, à coup sûr, lui tomber sur la tête !

« Jeune crétin ! tonna le chef, après avoir tué trois anciens, voilà que tes ricanements obscènes menacent de nous faire mourir de faim. Tu es exclu du clan pour douze lunes. Va ton chemin et médite sur ta sottise. »

Les membres du clan tournèrent les talons laissant le lionceau seul et désemparé. Qu'allait-il devenir sans la tendresse de sa mère et sans la protection du clan ?

- N'exagérons rien, un fauve dans la savane n'est pas sans défense ! tempéra le lord.

- Détrompez-vous, un lionceau y court de grands dangers. Tenez, il y a les alligators dont les redoutables mâchoires peuvent broyer une colonne vertébrale d'un seul coup de dent, les pythons qui s'entortillent autour de leur victime pour ne lâcher prise qu'après l'avoir étouffée, les éléphants qui vous chargent comme des taureaux furieux, les sables mouvants qui vous gobent comme un œuf. Bref, Léo avait mille bonnes raisons de s'inquiéter.

Par chance, il avait le cœur brave des bêtes de sa race. Au lieu de s'effondrer, il redressa la tête et se dirigea vers l'est.

- Vers l'est ?

- Oui, car c'est à l'est que vivait Marabunda, la grande sorcière de la savane. Si quelqu'un pouvait le guérir de ses intempestives crises de fou rire, c'était bien elle.

- Guérir ?

- Eh oui ! Léo s'imaginait que ces fous rires qui l'accablaient étaient une maladie – comment l'en blâmer ? Or Marabunda jouissait d'une solide réputation dans la savane et avait une sacrée carte de visite : exorciste, médecin, sorcière, apothicaire, rebouteuse et médium ! Plus d'une fois, la mère de Léo lui avait conté les prodiges de la stupéfiante sorcière.

Autrefois, Marabunda avait délivré les zèbres de la méchante Zina – tarentule géante aussi grande qu'un homme – qui, à l'aide d'un crochet, décollait les zébrures des zèbres pour se tricoter une toile. Dépossédées de leurs rubans noirs, les pauvres bêtes erraient comme des fantômes, incapables de se rappeler leur nom et mille autres choses. Elles se seraient laissées mourir de faim si

Marabunda n'avait pas dérobé la toile de Zina et rendu les stries à leurs propriétaires.

Une autre fois, la sorcière dénoua le nœud qui avait emmêlé ensemble les trompes des éléphants. L'origine du drame : une cacahouète lancée par un macaque facétieux. Cinquante trompes s'étaient levées de concert pour s'emparer de la minuscule arachide. Et, ping ! pang ! pong ! quel match, mes aïeux !

Les échanges pleuvaient dans tous les sens sans qu'aucun ne réussît à mettre le nez dessus.

Au final, les trompes des éléphants étaient entortillées comme les fils d'un écheveau. Quel micmac : les pachydermes tiraient leurs énormes fesses en arrière pour tenter de dégager leur appendice, en vain ! La sorcière mit deux jours pour dénouer cette pelote de trompes.

Une autre fois, Marabunda vint en aide aux lions en brisant une lampe qui emprisonnait leurs rugissements. En effet, sous l'emprise d'un redoutable charme, les rois de la savane s'étaient levés un matin, muets comme des carpes.

Ce mutisme leur valut railleries, calambours et mises en boîte de leurs cousins les guépards, les panthères et les tigres. Car qu'est-ce qu'un lion sans son cri ? Rien d'autre qu'un gros matou ridicule.

Bref, pour revenir à notre lionceau, sachez qu'il arriva devant la case de Marabunda au bout de dix jours de marche. Elle était modeste, cette case, et pas très propre, il faut bien l'avouer.

La sorcière ne faisait pas son ménage, on disait même qu'elle avait la terreur du bain.

Un seul reniflement prouva au lionceau que cette réputation n'était pas une légende.
La petite habitation était coiffée d'un toit de branchages grossiers, et des trous percés dans les murs tenaient lieu de fenêtres.
Une marmite suspendue au-dessus d'un feu chantait à gros bouillons, entourée par une pléthore de grigris.

Une vieille femme vêtue d'une robe en poils de chèvre sortit brusquement de la case, un bâton à la main. Elle s'approcha du lionceau, qui n'en menait pas large, et pointa le bâton dans sa direction.

– Qui es-tu, jeune lion, pour oser déranger Marabunda dans sa retraite ?

Malgré lui, le regard du lionceau se ficha sur une infime disgrâce plantée sur la joue de la sorcière : une verrue piquée de trois poils ! Cher ami, vous devinez la suite...

- Tsoum-tsoum ! s'exclama encore une fois le jeune lord.

- Exactement ! La troisième piqûre fut la pire de toutes. Les spasmes d'hilarité défigurèrent horriblement la gueule du lionceau et tordirent son corps comme un python harcelé par une guêpe. Pour faire cesser cet intolérable spectacle – entre nous, la sorcière était susceptible en diable – Marabunda gifla Léo à toute volée et, vlan !

Cette retentissante gifle n'arrêta pas pour autant les rires de la bête.

Bien au contraire. Léo, pris de convulsions, se roulait maintenant à terre sans parvenir à reprendre son souffle. Grâce à Dieu, la sorcière était une femme avisée. Elle comprit que l'animal était en train de mourir de rire.

Vite, elle s'agenouilla près de lui et entreprit de lui masser vigoureusement le cœur. En vain.

Pour le faire taire, elle n'eut d'autre recours que de l'assommer d'un coup de bâton. Certes, le remède était brutal mais efficace. Le lion inconscient ne riait plus et ses poumons accomplirent, derechef, leur œuvre salutaire.

Quand Léo reprit ses esprits, la vieille était occupée à jeter des brindilles dans son feu.

« Eh bien, mon jeune ami, on dirait que tu es victime d'une mouche tsoum-tsoum. »

En guise de réponse, Léo roula des yeux exorbités.

« Tsoum-tsoum, grogna la vieille sorcière, est une mouche ensorcelée qui colle des fous rires meurtriers. Toi ou l'un des membres de ton clan a sûrement offensé un puissant sorcier »

Léo jura qu'il n'avait rien fait.

« Alors, c'est ton père ! »

Le ton de la sorcière était si impérieux que Léo ne s'avisa pas de contester.

« Depuis combien de temps ris-tu comme un imbécile ? interrogea la vieille sorcière. »

« GRRrr... »

« Articule, si tu veux que je comprenne tes rugissements » gronda Marabunda.

Léo rugit une deuxième fois puis il s'arma de courage et conta à la sorcière les malheurs que lui avaient valus ses formidables crises de rire.

- À quoi bon tant de paroles ? demanda le lord, puisque Marabunda était si futée, pourquoi ne pas arracher tsoum-tsoum de la peau léonine comme une vulgaire tique ?

- Cher ami, comme vous sous-estimez le venin de tsoum-tsoum ! Agir ainsi aurait condamné Léo à une mort certaine. En effet, en guise de représailles, l'odieux insecte aurait lâché d'un coup tout son poison dans le sang de la pauvre bête. Non,

Marabunda connaissait mieux que quiconque ces bestioles. Elle savait comment s'y prendre sans risquer la vie de Léo.

« Jeune lion, poursuivit-elle, il n'y a qu'un seul moyen pour contraindre tsoum-tsoum à sortir ses crochets empoisonnés de ton oreille : les mathématiques. Ces insectes ont la logique en horreur.»

Logique, mathématiques, c'était la première fois que Léo entendait ces mots. Il se demanda si les mathématiques se mangeaient.

« Bête ignare ! se moqua Marabunda, les mathématiques sont une science belle et remarquable entre toutes. Les mathématiques se divisent en arithmétique et en géométrie.

L'arithmétique est la science des chiffres, la géométrie celle de l'espace et des figures. 2 + 2 = 4, c'est de l'arithmétique. Dire que par un point extérieur à une droite, on ne peut tracer qu'une parallèle à cette même droite, c'est de la géométrie. »

Et tandis qu'elle expliquait, la sorcière écrivait et traçait des lignes sur le sol.

« Interrogeons les grigris pour savoir qui de l'arithmétique ou de la géométrie pourra chasser la perfide tsoum-tsoum qui loge sous ton oreille. »

Marabunda attrapa trois grigris sans plus de manières et les posa en face de Léo. Puis elle leva son bâton vers le ciel et entonna un chant où se mêlaient cris et psalmodies. Tout à coup, le grigri qui se trouvait à la droite du lion tourna sa tête en bois dans tous les sens et émit un ricanement qui figea d'effroi le lionceau. La sorcière arrêta son chant et planta son bâton dans le sol.

« Bien, Zétou a parlé, c'est l'arithmétique qu'il te faut, mon garçon. »

Léo rugit.

« Oui, le grigri qui est à la droite de Zétou est celui de la géométrie, quant au troisième, rends grâce aux dieux de la savane de son silence, car je n'aurais rien pu faire pour toi. »

Marabunda en femme énergique décida d'administrer, séance tenante, le remède libérateur à Léo. Elle fila dans sa case et revint aussitôt armée d'un livre qu'elle planta sous les yeux de l'innocente victime : *Mathématiques. Cours élémentaire. Premier chapitre* : l'addition.

« Je le tiens d'un missionnaire blanc, trompeta fièrement la vieille sorcière. Pour me remercier de l'avoir sauvé du venin d'un scorpion. Allez, commençons ! »

C'est ainsi que Léo apprit les règles de l'arithmétique. Mais, bien vite, il saisit la différence qu'il y avait entre la mémorisation d'une règle et

2+2=4

son application. Certes, il était capable de répéter les explications de son étonnante institutrice concernant l'addition, la soustraction ou encore la division, mais il lui fallut onze jours pour trouver le résultat de sa première opération.

- Peut-on la connaître ? interrompit le lord.

- 2 + 2.

- Ha ! ha ! ha ! votre lion était un âne bâté ! brailla le lord. Les purs-sangs de mes écuries sont plus intelligents que cette pauvre créature. Ils savent le nombre de courses qu'ils ont gagnées et connaissent le nom de leurs palefreniers. La science allait aussi mal à votre Léo qu'une couronne à une souillon !

- Ne soyez pas si sévère ! réprimanda le général. Quoique jeune, Léo était déjà une bête magnifique, fortement charpentée et coiffée d'une crinière farouche. Cependant, accoutumé à vivre dans la savane, il éprouvait quelque difficulté à manier l'abstraction. Je dois avouer que la nature ne l'avait pas favorisé de tous les dons de l'esprit, mais il était consciencieux...

- Hum ! Dites plutôt poussif et laborieux, railla le fat en riant de plus belle.

- CONSCIENCIEUX ! asséna le militaire sans battre en retraite. C'est avec beaucoup de bravoure que Léo luttait contre le sortilège car, ne l'oubliez pas, la terrible tsoum-tsoum vautrée sous la moiteur du pelage léonin entravait autant qu'elle le pouvait les progrès du lionceau.

Les mathématiques ne plaisaient pas à l'insecte, pour lui, elles avaient un goût de vinaigre qui lui faisait grincer les dents. Avec ses pattes velues, la mouche chatouillait la peau granuleuse du lion pour le déconcentrer ou encore *bzzbzzétait* tout près de son oreille.

Un jour où Léo essayait de résoudre une équation, ce butor d'insecte se mit à hurler : « *God save the Queen*[2] *!* » à tue-tête.

- *God save the Queen* ?

- Oh, il ne faut pas s'en étonner ! La bestiole avait appris le salut sous le crâne d'un marin de sa Majesté. Pauvre matelot ! La détestable mouche l'avait rendu fou à force de *bzzbzz*.

- Pourquoi tant de *bzzbzz* ? Pourquoi ne pas enfoncer son dard une bonne fois pour toutes dans l'oreille du lionceau ?

- Les mathématiques ont le pouvoir d'inhiber les mouches tsoum-tsoum, cela, Marabunda le savait. Sous l'effet de la belle et bonne logique, les tsoum-tsoum sont réduites à l'impuissance : leur dard refuse de piquer. Sur les conseils de la sorcière, le lionceau usait même de son manuel comme d'un coussin,

---

[2] Longue vie à la reine !

la nuit, quand il dormait. Le remède était si efficace que Léo ne riait plus du tout. Il commençait même à s'ennuyer ferme à lire ces pages d'arithmétique et à s'exercer à ces calculs rebutants. Comble de misère, Marabunda était aussi drôle qu'un pape, enfin, une papesse ! Si le rire l'avait chassé de son clan, ça ne risquait certainement pas d'arriver chez la sorcière. Ah ça, non, croyez-moi !

Ses seules distractions consistaient à remplir des pots de terre avec des scarabées – « Huit par pot, mon garçon, lui criait la sorcière. Fais-moi bonne mesure ! » – ou encore à taquiner les grigris ce qui, d'ailleurs, mettait la sorcière en fureur. Quelquefois, pour se dégourdir les pattes, Léo grimpait dans le baobab géant qui poussait près de la case.

Une fois, le lion attrapa un cercopithèque. Une espèce de singe qui a deux greniers en guise de bajoues. Il l'apporta fièrement à Marabunda en cadeau, exactement comme font nos matous quand ils déposent une souris aux pieds de leurs maîtres.

L'animal était assommé. Pour le tirer de sa léthargie, la sorcière le frictionna vigoureusement avec des feuilles d'eucalyptus. Après l'avoir examiné, elle décida de le garder comme animal de compagnie. La nourriture non plus n'était pas très engageante chez la vieille. Une bouillie de racines agrémentée de quelques morceaux de rhinocéros tenait lieu de pitance matin, midi et soir. Enfin, un matin, la sorcière comprit que Léo était sauvé quand il put résoudre une redoutable équation : $E = mc^2$.

Pour la première fois, les neurones du lionceau s'agitèrent avec plus de fureur que des fesses de Pygmées au cours d'une danse tribale. Aussi vive qu'une tornade africaine, la patte du

lionceau couvrit le sol d'un charabia de signes. Léo était possédé par les mathématiques !

« C'est bien, lui dit Marabunda, l'esprit de Zétou est entré en toi. Ça prouve, mon garçon, que tsoum-tsoum ne va pas tarder à te quitter. »

Effectivement, l'après-midi de ce glorieux jour, la mouche sortit titubante du pelage du lion.
Marabunda l'attrapa avec une pince à épiler et l'enferma dans une minuscule boîte en verre.

« Je te tiens ! cria triomphalement la sorcière. Tsoum-tsoum est ma prisonnière. Tu es libre, jeune lion, tu peux retourner dans ton clan ! »

Léo rugit de bonheur. Pas pour longtemps. Coupable ou innocent, le terrible chef des lions avait rendu sa sentence : douze lunes d'exclusion. Il n'y avait rien à faire contre cela.

« Ne crains rien, le rassura la sorcière, je t'accompagnerai et ton chef m'écoutera. S'il s'entête malgré tout, je lui glisserai tsoum-tsoum dans le creux du tympan. »

Certes, Marabunda était négligée et plutôt laide, mais son cœur était aussi bon que le bon pain. Le lionceau grimpa en quelques bonds sur la plus haute branche du baobab et rugit comme un grand à la gueule de toute la savane. Enfin, il était libre !

- Le chef des lions pardonna-t-il vraiment à Léo ? demanda le jeune dandy.

- Bien entendu. Tous les animaux de la savane respectaient Marabunda.

- Et la mouche, qu'en fit la sorcière ?

- Elle l'offrit un jour à une jeune lady qui avait quitté Londres pour suivre son fiancé en Afrique. Or il se trouve que le gaillard en question était le fils du duc de Canterbury.

Un soir, le hasard nous réunit à l'une des soirées de lord et lady Hamilton. La jeune duchesse me montra l'insolite présent qu'une sorcière africaine lui avait fait une nuit de pleine lune : une mouche « *with a very bizarre name*[3] » – prit-elle la peine de préciser – une mouche dans une minuscule boîte en verre. « Tsoum-tsoum ! » m'écriai-je malgré moi. « *Yes, that's it*[4] ! » confirma ma charmante duchesse.

- C'est extraordinaire, ironisa le jeune dandy, persuadé que le vieux militaire le menait en bateau. Ainsi donc, vous aviez dans vos rangs le fils du sorcier africain, celui-là même dont le père au pouvoir maladroit avait condamné, par erreur, Léo à subir tsoum-tsoum, et vous découvrez, au cours d'une soirée huppée, la détentrice de ladite mouche. Mon Dieu que le monde est petit !

---

[3] Avec un nom des plus étranges.

[4] C'est exactement ça !

- Vous ne me croyez pas ! s'emporta le militaire. Eh bien, jeune homme, laissez-moi sur-le-champ vous donnez la preuve de ce que j'affirme.

Le militaire disparut pour revenir aussitôt avec une minuscule boîte en verre où gigotait un insecte.

- Voyez vous-même ! La duchesse de Canterbury me l'a offerte après que je lui eus exposé l'histoire du malheureux Léo. Elle ne voulait pas garder chez elle une créature qu'elle jugeait maléfique.

- Mais elle est vivante ! s'exclama le dandy.

- Absolument ! Les tsoum-tsoum sont dotées d'une longévité exception nelle.

La mine incrédule du jeune lord mit le comble à la fureur du militaire.

- Prenez-la, prenez-la donc et allez la faire examiner par un de nos éminents spécialistes en histoire naturelle. Baker Street en regorge !

Le dandy n'osa pas refuser le cadeau de son hôte. Le militaire avait l'air de croire à son histoire. L'affaire était donc plus grave qu'il n'y paraissait.

Si le militaire n'avait pas voulu se jouer de lui, c'est qu'à coup sûr le soleil africain lui avait grillé la cervelle !

Le dandy finit de boire son thé et fit ses adieux à son hôte avec beaucoup de civilité. Puis, après avoir coiffé son chapeau et attrapé le pommeau de sa canne, il quitta la demeure du général. En sifflotant, il glissa nonchalamment la boîte dans la poche de son gilet.

Quelques gouttes d'eau lui firent lever les yeux. Hum ! le ciel était gris, il commençait à pleuvoir.

Tandis qu'il scrutait les nuages, le jeune lord ignora un bouledogue à la mâchoire dégoulinante de bave qui fondait sur lui.

Le chien le renversa sur le trottoir et sa Seigneurie se retrouva les vêtements crottés, le chapeau piétiné, la veste déchirée, la boîte en verre brisée, et la mouche envolée !

Le lord hurla une bordée d'injures au maladroit, un adolescent à la frimousse dévorée par des taches de son, à qui le chien venait d'échapper.

Le gamin malmenait une casquette miteuse en se confondant en excuses quand, coup de théâtre ! le corps du jeune dandy se plia en deux comme un homme qui vient de recevoir un redoutable coup de poing dans l'estomac.

Le gamin lui proposa aussitôt de le conduire à l'hôpital, puis se ravisa. En effet, ce n'était pas un malaise qui incommodait sa Seigneurie, mais une colossale crise de fou rire. Le gamin profita de l'aubaine pour filer à l'anglaise, persuadé que la chute du bonhomme lui avait gâté la tête.

Or la vérité était tout autre.

La perfide tsoum-tsoum libérée de sa prison de verre venait de se glisser derrière l'oreille de sa nouvelle victime.

Vous devinez la suite…

L'HARMATTAN, ITALIA
Via Degli Artisti 15 ; 10124 Torino

L'HARMATTAN HONGRIE
Könyvesbolt ; Kossuth L. u. 14-16
1053 Budapest

L'HARMATTAN BURKINA FASO
Rue 15.167 Route du Pô Patte d'oie
12 BP 226
Ouagadougou 12
(00226) 50 37 54 36

ESPACE L'HARMATTAN KINSHASA
Faculté des Sciences Sociales,
Politiques et Administratives
BP243, KIN XI ; Université de Kinshasa

L'HARMATTAN GUINEE
Almamya Rue KA 028
En face du restaurant le cèdre
OKB agency BP 3470 Conakry
(00224) 60 20 85 08
harmattanguinee@yahoo.fr

L'HARMATTAN COTE D'IVOIRE
M. Etien N'dah Ahmon
Résidence Karl / cité des arts
Abidjan-Cocody 03 BP 1588 Abidjan 03
(00225) 05 77 87 31

L'HARMATTAN MAURITANIE
Espace El Kettab du livre francophone
N° 472 avenue Palais des Congrès
BP 316 Nouakchott
(00222) 63 25 980

L'HARMATTAN CAMEROUN
BP 11486
Yaoundé
(00237) 458 67 00
(00237) 976 61 66
harmattancam@yahoo.fr

596332 - Février 2015
Achevé d'imprimer par